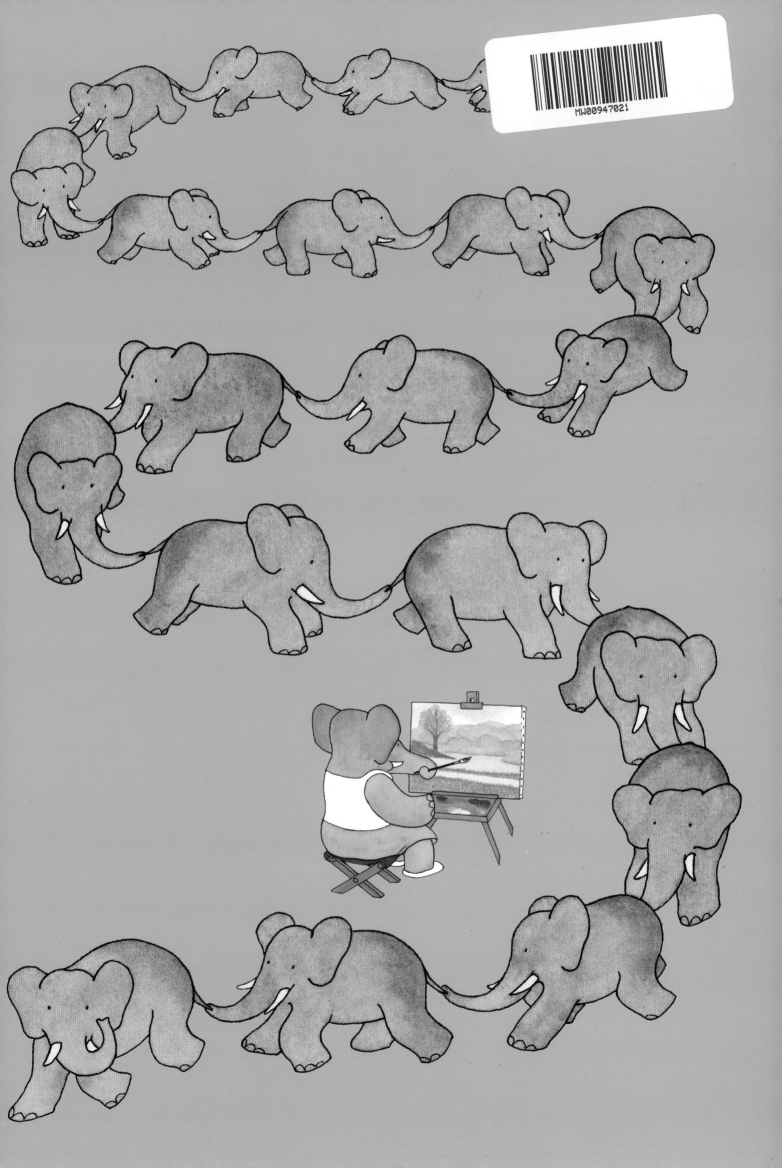

LE MUSÉE DE
BABAR

LAURENT DE BRUNHOFF

LE MUSÉE DE
BABAR

(Fermé le lundi)

HACHETTE
Jeunesse

8

Tous les dimanches, Babar et Céleste aiment glisser en ballon au-dessus de Célesteville. Un matin, ils aperçoivent, de l'autre côté du lac, la vieille gare complètement vide.

« Les éléphants ne prennent plus le train, dit Babar, ils préfèrent conduire leur voiture. Regarde ce trafic aux portes de la ville !

– Qu'est-ce qu'on va faire de la gare ? demande Céleste. Ce serait dommage de démolir un si bel édifice. » Elle reste pensive pendant que le ballon flotte au-dessus de la ville.

« J'ai une idée ! lance-t-elle. Toutes ces œuvres d'art que nous avons collectionnées depuis des années ont besoin d'une maison. Pourquoi ne pas transformer la gare en musée ?

– Excellente idée, Céleste ! » dit Babar.

Ils demandent à une célèbre architecte de diriger
la rénovation. Elle vient au palais montrer ses plans à Babar,
Céleste et leur ami, le vieux Cornélius.
Les travaux commencent sans délai.

De nombreux éléphants
offrent leur aide
pour transformer la gare.
La construction dure des mois.

11

Ensuite, il faut sortir des sous-sols du palais toutes les œuvres d'art que Babar et Céleste ont rapportées de leurs voyages.

Et maintenant accrocher
les tableaux aux murs
du nouveau musée.

Enfin le jour de l'inauguration arrive. Babar accueille les citoyens de Célesteville dans leur musée. Une foule impatiente suit Babar, sa famille et ses amis les plus chers – Céleste, Flore, Pom,

Alexandre, Isabelle, le cousin Arthur, son ami Zéphir, la Vieille
Dame et Cornélius. Tous montent les escaliers de marbre,
passent les grandes portes et les voilà dans le musée.

Les enfants n'avaient encore jamais mis les pieds dans un musée.
« Est-ce qu'aller au musée c'est comme aller à l'école ?
demandent-ils.
Est-ce que c'est comme aller à l'église ? C'est comme faire
ses courses ? Aller pique-niquer ? Qu'est-ce que c'est ?
– Un peu tout ça, explique Céleste. Le musée est un endroit
rempli d'œuvres d'art.
– Mais qu'est-ce qu'on doit faire ici ? demande Isabelle.
Comment doit-on se tenir ?
– Regardez, mais ne touchez pas, répond Céleste, et dites-moi
ce que vous voyez. »

Flore s'arrête devant un tableau
et dit : « Je vois une petite princesse
tout à fait comme moi, avec sa famille
autour d'elle. »

Isabelle choisit un autre tableau.
« Je vois une autre princesse
et j'aimerais mieux être celle-là.
Elle a trois chats et elle a tout
le tableau pour elle. »

Céleste sourit. « Et vous,
les garçons ? »
Alexandre dit : « Je vois
un pique-nique et j'aimerais bien
pique-niquer moi aussi.
– Oh ouiiii ! dit Pom.

– Je vois une bataille avec des soldats et j'aimerais bien
être là, dit Arthur.
– C'est vrai ! Moi aussi ! » dit Zéphir.

Capoulosse, le docteur, dit : « J'aime celui-là parce que
les personnages font de la musique.

– J'aime les peintures qui vous élèvent l'esprit
et inspirent de profondes pensées, dit Cornélius.
Ce tableau montre un éléphant intelligent qui en admire
un autre. »

La Vieille Dame intervient : « J'aime celui-là, dit-elle, parce
que c'est calme. Je me sens en paix quand je le regarde.
Les éléphants ne se dérangent pas les uns les autres.

– Ici, nous voyons la création du premier éléphant,
dit Cornélius. C'est un digne sujet. Et excuse-moi, Isabelle,
mais le portrait que tu croyais être une petite fille
est en réalité un petit garçon. Et là où tu voyais des soldats,
Arthur, c'est la bataille pour la Liberté.

– Chut, Cornélius, l'interrompt Céleste, laisse-les
s'amuser. Ils auront tout le temps d'apprendre cela
plus tard. »
Mais peu importe, car les enfants ne font pas attention
à Cornélius.
« Ceux-là jouent aux cartes, dit Alexandre, et moi j'aime
jouer aux cartes.
– Moi aussi, dit Pom.

– J'aime ce tableau parce qu'il est rouge, dit Arthur.

– J'aime le petit chien, dit Flore.

– Le couple a l'air si heureux ensemble, dit la Vieille Dame.

– J'aime le rouge », répète Arthur.

Et Cornélius ajoute : « Le peintre essaie de nous transmettre un message ici. »

Mais personne ne lui demande d'expliquer.

« Celui-là, dit Alexandre en riant, nous apprend qu'il faut se sécher quand on sort de l'eau.
– Je vois une dame qui a oublié de s'habiller, dit Arthur.
– Le sujet de ce tableau est l'Amour, explique Cornélius. Cette femme est Vénus, la déesse de l'Amour.
– Chut, Cornélius, fait Céleste.

– Est-ce que tout doit vouloir dire quelque chose,
dans un tableau ? demande Isabelle. J'aime ce tableau
de la jungle et mon papa sur le sofa. Je ne comprends pas
pourquoi le sofa est dans la jungle, mais ça me plaît.

– Est-ce que ça ne doit pas avoir un sens ? demande Pom.
Un compotier de fruits ne peut pas être une jambe
d'éléphant.
– C'est une tête d'éléphant, dit Isabelle. Tu vois
les oreilles et la trompe ?
– Je vois ce que tu veux dire, mais cette tête
est aussi une jambe, insiste Pom.
De toute façon, ça n'a pas de sens.

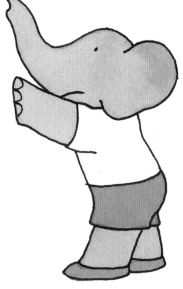

– Est-ce que ça ne doit
pas être vieux pour être
dans un musée ?
demande Alexandre.
– Est-ce que ça ne doit
pas être joli ? demande
Flore.

34

– Ça n'a pas besoin
d'être quoi que ce soit,
dit Babar. Il n'y a pas
de règles pour nous
dire ce que c'est que
l'art. »

Bientôt, toute la famille s'avance dans le jardin des sculptures.
Babar et Céleste ont rapporté à Célesteville des statues
du monde entier.

36

« Est-ce que vous allez prendre mes poupées
et les mettre au musée ? demande Isabelle.
– Non, ma chérie, dit Céleste. Ne t'inquiète pas. »

Les habitants de Célesteville adorent leur musée.

Ils y vont pour se détendre, pour apprendre, pour s'inspirer.

Babar et Céleste donnent une grande fête pour célébrer le succès du musée. La fête se tient dans l'aile égyptienne, près d'un temple qui a été sauvé d'une inondation. Des garçons servent de la limonade rafraîchissante.

Babar propose un toast : « Je voudrais remercier Céleste d'avoir eu l'idée de transformer la vieille gare en musée. Trois fois " Santé ! " pour Céleste et trois fois " Santé ! " pour les musées d'art ! »

41

Plus tard, Babar et Céleste emmènent les enfants chez un peintre. Ils peuvent le voir dans son atelier en train de créer un tableau !
« J'aime vraiment beaucoup la peinture de cet artiste, dit Céleste en revenant. Elle est tellement vivante !

– Oh ! je pourrais en faire autant, se vante Arthur.
– Et tu devrais essayer, dit Babar. Je suis sûr que
j'aimerai ce que tu fais. »

À la maison, les enfants se mettent à dessiner. Ils se disent qu'ils aimeraient bien être artistes quand ils grandiront, ou collectionner de l'art, ou l'enseigner, ou faire des T-shirts. Il y a bien des possibilités, et toutes sont excitantes !

Babar et Céleste souhaitent remercier tous leurs amis, éléphants ou humains, qui leur ont inspiré cette collection d'œuvres d'art et les ont aidés à créer le musée de Célesteville, plus particulièrement :

Pieter Paul Rubens, *Hélène Fourment et son fils* (page 14); Edouart Manet, *Le Balcon* (page 14); Léonard de Vinci, *La Joconde* (page 14); Raphaël, *Saint Michel et le dragon* (page 15); Antonie Van Dyck, *Charles 1er, la reine Henriette-Marie, Charles, prince de Galles, et la princesse Marie* (page 15); Vélasquez, *Les Ménines* (Page 17); Goya, *Don Manuel Osorio* (page 18); Pieter Bruegel, dit l'Ancien, *Moisson* (page 19); Eugène Delacroix, *La Liberté guidant le peuple* (page 20-21); Titien, *Le Concert Champêtre* (page 22); Rembrandt, *Aristote contemplant le buste d'Homère* (page 23); Georges Seurat, *Un après-midi à la Grande Jatte* (page 24-25); Michel-Ange, *La Création d'Adam* (page 26); Paul Cézanne, *Les Joueurs de cartes* (page 27); Vincent Van Gogh, *Autoportrait* (page 28), Jan Van Eyck, *Les Epoux Arnolfini* (page 29), Botticelli, *Naissance de Vénus* (page 30-31); Le Douanier Rousseau, *Le Rêve* (page 32); Salvador Dali, *Apparition avec coupe de fruits sur une plage* (page 33); Edvard Munch, *Le Cri* (page 34); Pablo Picasso, *Les Demoiselles d'Avignon* (page 34); René Magritte, *La Condition humaine* (page 35); Anonyme, Grèce, *La Vénus de Milo* (page 36); Joel Shapiro, *Sans titre* (page 36); Edgar Degas, *Danseuse de quatorze ans* (page 37); Aristide Maillol, *Femme* (page 36-37); Anonyme, Inde, *Ganesh* (page 37); Auguste Rodin, *Balzac* (page 37); John Singer Sargent, *Portrait de Mme Gautreau* (page 38); Mary Cassatt, *Mère et enfant* (page 38); J.A.M. Whistler, *Arrangement en gris et noir* (page 38); Edouard Manet, *Le Déjeuner sur l'herbe* (page 39); Anonyme, Nubie, *Le Temple de Dendour* (page 40-41), Hans Namuth, *Jackson Pollock au travail* (page 42-43); Jackson Pollock (Un [n° 31, 1950] page 42-43); Jan Vermeer, *La Jeune Fille au chapeau rouge* (page 44); Gae Aulenti (architecte du Musée d'Orsay); Françoise Cachin (premier Directeur du Musée d'Orsay); Howard Reeves, Linas Alsenas, Jason Wells et Becky Tehune de chez Harry N. Abrams, ainsi que Clifford Ross, artiste dans plusieurs domaines.

Designer: Edward Miller

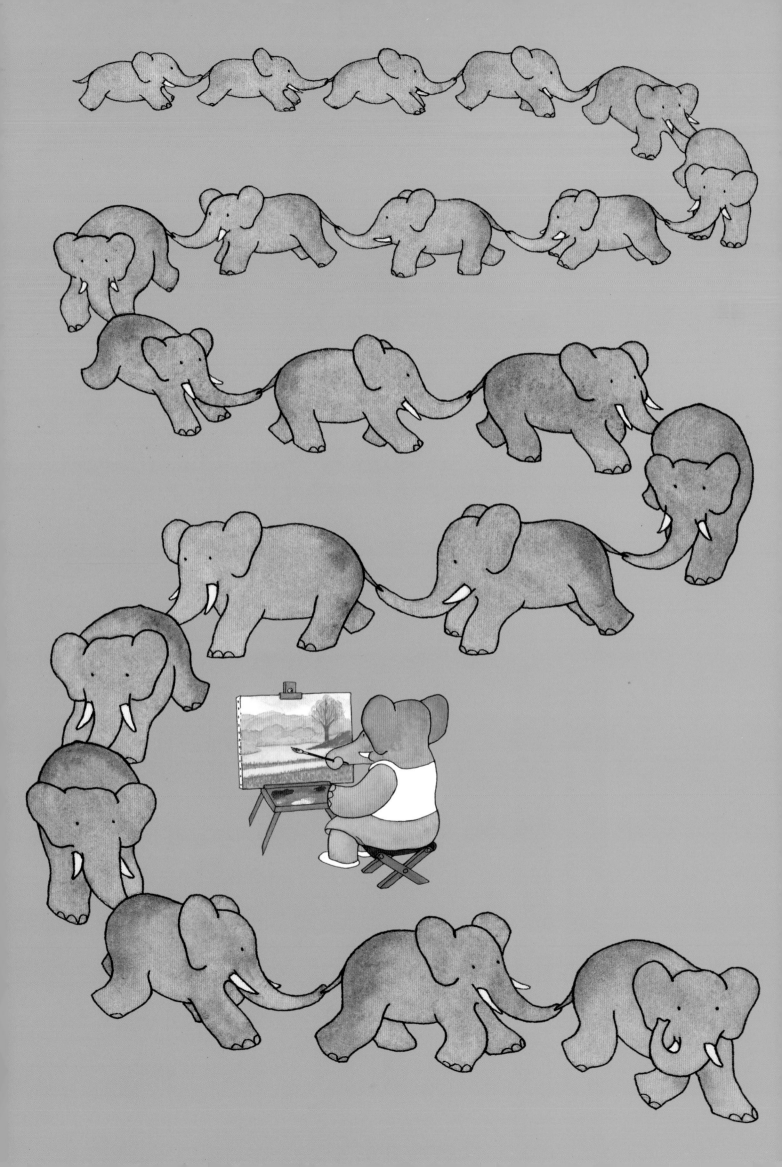